ÉPITRE FAMILIÈRE

A MESSIEURS

DU POUVOIR RESPONSABLE.

Imprimerie dé Marie Escudier,
rue St-Rome, nᵒ 26.

ÉPITRE

FAMILIÈRE

A

MESSIEURS

DU

POUVOIR RESPONSABLE.

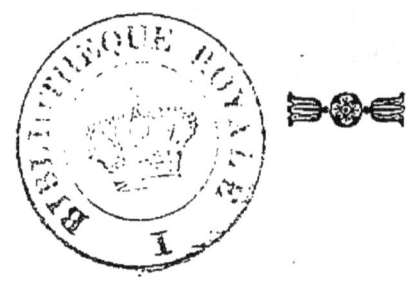

PARIS,

Chez JUST-TESSIER, LIBRAIRE-ÉDITEUR,

QUAI DES AUGUSTINS, N° 37.

Toulouse,

CHEZ MARIE ESCUDIER, LIBRAIRE,

RUE SAINT-ROME, N° 26.

—

AOUT 1834.

ÉPITRE FAMILIÈRE

A MESSIEURS

DU POUVOIR RESPONSABLE.

Aux Aubinels, le   août.

MESSIEURS,

Chacun de nous a lu ce discours d'ouverture par lequel vous avez bien daigné nous donner à comprendre que vous n'auriez peut-être pas à nous infliger encore un surcroît d'impôt; que vous êtes on ne peut plus satisfaits de votre pouvoir, lequel a fait merveille, en vérité, rue Transnonain et autres lieux; que l'Espagne a vu ses affaires se compliquer, ce semble;

et que nous avons le suprême bonheur de ne
pas être trop mal avec Palmerston. Ce discours a cependant trompé l'attente de Messieurs du *Constitutionnel*, qui certes ne sont pas
difficiles. Ces bons rédacteurs espéraient sans
doute vous voir traiter des points dont vous
ne dites rien ou fort peu de chose. D'autres
auraient aimé aussi dans votre harangue, sans
y compter pourtant, des regrets vivement ex-
primés, pour vous être maintenus par les moyens
jusqu'ici mis en usage, un désir non équivoque
de rentrer dans d'autres voies, une promesse po-
sitive d'alléger les charges du pauvre, des paroles de conciliation, un espoir de paix à l'intérieur et quelques autres points que je vous
demande, Messieurs, la permission de toucher
avec vous en peu de mots.

Si nous avions un roi comme les autres, au
lieu d'être l'élu du peuple, roi de notre choix,
roi de tout le monde, résigné à subir une cou-
ronne uniquement pour nous obliger, que nous
ne l'eussions point vu donner aux passans des
poignées de main dont j'aurais pu prendre ma
part, et faire assez d'avances pour donner à
croire qu'il avait la meilleure envie d'être au
gré de tous en général, et particulièrement
des spectateurs en blouse et souliers ferrés, je
me serais bien gardé de vous mettre en frais
d'un port de lettre, ayant surtout à vous par-

ler un peu sans périphrase. Oui, Messieurs, si je
n'avais été, comme beaucoup d'autres, ocu-
laire témoin de ses bons procédés après juillet,
que je ne l'eusse point vu devant son hôtel,
distribuer avec un sourire populaire une
proclamation significative, et, bras dessus,
bras dessous avec Lafayette, montrer les trois
couleurs à l'Hôtel-de-Ville; puis le soir, sous
son balcon, chanter la *Marseillaise* avec nous
tous, je n'oserais franchement vous écrire,
après ce que j'entends dire chaque jour sur
votre compte. Entre autres choses, ne dit-on
pas que vous n'aimez plus guère que les hommages, et que vous avez en horreur tous les
écrivains qui osent s'attaquer à des ministres,
sous prétexte qu'ils sont des empoisonneurs du
peuple, ces écrivains. Croyez-moi, Messieurs, de
tels empoisonneurs ne sont pas les plus à craindre. N'en dites pas trop de mal de peur de vous
nuire; car ils ont pour eux une chose : ils exercent des fonctions gratuites, n'ont point de
part à la liste civile ni aux fonds secrets, et
encourent chaque jour la prison, pour tout
salaire. N'en dites pas trop de mal dans votre
intérêt : déjà votre popularité est bien tombée,
m'assure-t-on, pour avoir voulu leur imposer
silence à tous, et l'impopularité (je ne crains pas
de l'écrire sous un prince qui s'apprête à voyager pour sonder les esprits) est toujours de là-

cheuse augure chez une nation qui a fait ses preuves de constance à l'égard des hommes désintéressés, de ceux qui l'ont servie pour elle-même et non pour eux, des Dupont de l'Eure, des Lafayette, par exemple. Et ce que ces dignes publicistes n'ont obtenu qu'à peine pour prix d'un long dévoûment, vous serait, à vous, très-facile. — Les rois sont pour cela, comme les curés, dans une position heureuse : il suffit aux rois de ne point faire trop de mal pour être adorés, les autres n'ont qu'à ne point troubler les passe-temps honnêtes pour être regardés comme les meilleurs vivans.

On dit, Messieurs, que le roi se dispose à venir chercher la vérité sur nos bords. Il pourrait l'y trouver un peu mieux que dans votre conseil, bien qu'en ce point la chronique ne nous fasse point honneur ; mais pour cela il lui faudrait voir autre chose que des grandes routes et des préfets, je ne m'en rapporterais pas même aux journaux de ces messieurs, si j'étais de lui : journaux de préfecture et harangues de salariés, c'est tout un, dit-on. J'irais plutôt à droite, à gauche, par les villages, recherchant au plus juste à quel point le sort des habitans des campagnes s'est amélioré depuis quarante ans, je voudrais trouver en défaut, s'il se pouvait, de certains observateurs obstinés à prétendre que nos réformes n'ont encore guère profité qu'à la bourgeoisie des villes. Dans bien des cantons, assurent-ils, le paysan a vu son bien-être décroître, à mesure que les terres ont passé des gros seigneurs aux minces bourgeois qui ne sont pas gens à se contenter d'hommages. Si l'observation était vraie, que bien des paysans, au 19me siècle, eussent moins à se louer de leur état, que ces êtres malheureux que La Bruyère nous montre répandus dans les campagnes, *mâles et femelles, livides et brûlés du soleil*, retirés la nuit *dans des tanières* où ils *vivent de pain noir, d'eau et de racines*, et qu'ils fussent dans une condition plus dépendante au fait que celle des serfs du 14me siècle, ou des nègres aux colonies, rien, à mon sens, ne devrait émouvoir davantage la sollicitude d'un bon roi. Chacun approuverait, Messieurs, des excursions incognito, qui tendraient à éclairer sa majesté sur ce point. Peut-être s'imagine-t-on autour de vous qu'il n'y a point de paysans plus à plaindre que ceux de Neuilly. Pour revenir de cette erreur, il suffirait de voyager un peu sans expédier d'itinéraire aux préfets, sans être attendu ; sans état-major, sans provisions de bouche aussi, afin de savoir comment on dîne aux champs ; sans équipage surtout, vu la difficulté des chemins, dans bien des communes, dont le numéraire s'écoule tout dans vos budgets ; encore bien faudrait-il vous garder d'orage et marcher de jour, car, si la pluie vous surprenait à pied avec la nuit, dans nos sentiers boueux ; je vous prédis, écrivant sans figure, que jamais on n'aurait vu de pouvoir si crotté.

Un roi marcher à pied ! nous ne sommes pas exigeans à ce point. Nous nous contenterions, Messieurs, de vous voir cheminer sur un bidet, sans aucune escorte, votre ménagère en croupe, persuadés que vous y gagneriez beaucoup et que nous en serions quittes à moins de frais ; mais de courir la province officiellement comme l'an dernier, pour le plaisir d'écouter des fadaises et d'y répondre au mieux, cela ne peut mener à rien de bon.... Sans doute, à voyager ainsi, sa majesté gagnerait la dépense pour elle et peur les siens, sans compter que les appointemens iraient toujours ; on vous voterait partout de l'enthousiasme qui ne vous coûterait que de prendre, et point de carte à payer, point d'étrennes pour la fille, mais de tout cela, que s'ensuivrait-il ? La France serait à vous comme dans un voyage en Alsace elle fut à Charles X, un an à peine avant sa fin... Il est des illusions qui coûtent cher, et ce n'est pas seulement aux contribuables. N'en recherchez point de telles. Au lieu de venir apprendre dans les salles à manger de vos préfets s'il fait bon vivre sous le chaume, au lieu de faire naître sur vos pas des allégresses de programme, soit chez nous,

soit à Lyon, où maint habitant qni n'en pouvait mais a vu brûler son toit pour le plus grand
honneur de l'ordre de choses, réfléchissez un
peu sur la manière dont s'est passé le dernier
anniversaire des grandes journées. Informez-
vous de bonne part où en a été l'enthousiasme.
Vous savez ce qu'il fut, il y a quatre ans ; faites
un rapprochement, Messieurs, et cherchez à
comprendre.

Il y a quatre ans, Paris sortait d'une scène
de désolation, et cependant la joie était parmi
ses habitans ; un rayon de brillant espoir per-
çait sur les visages les plus attristés. Le lende-
main d'un jour de douleur fut un jour de fête.
On pleurait de contentement et de regret sur
des tombes récentes. Aucune division ne se
manifesta. Le petit nombre des mécontens se
cachait, et la population presque entière de
Paris était *une* sur les barricades. — Cette
fois que les bienséances permettaient de se
réjouir et que le *Moniteur* y engageait fort, la
pensée n'en est venue à personne, si ce n'est
par ordre.... Quelle aurait pu être la joie de
populations désunies, effrayées, calomniées,
formant plusieurs nations dans une nation, qui
n'ont de commun que l'incertitude et le malaise ? singulier spectacle à la veille d'une telle
solennité ! Ici des hommes de cœur, incapables
de craindre pour eux, mais que votre politique

fait trembler pour la France; là des poltrons ,
optimistes par état, feignant d'avoir en l'avenir
une confiance qu'ils n'ont pas ; car ce qui est
ne laisse pas plus en sécurité ceux qui en vivent
qu'il ne satisfait les partisans de ce qui fut ; et
les vainqueurs eux-mêmes , ceux qui ont scellé
la révolution de leur fortune ou de leur sang ,
nouveaux Tantales, à qui le pouvoir n'a fait que
montrer le but , en reculant devant eux sans
les y laisser atteindre , ne conçoivent guère ce
qu'eût pu leur enlever une défaite , ils demandent quelles sont les garanties menacées en
juillet, qui ne soient encore en question et ,
tandis que les partis s'agitent de malaise
dans les étreintes du *Statu quo* , le pouvoir ,
incapable de rallier à lui les hommes généreux
de différentes opinions, ni de les unir par aucun
lien commun, et dans l'impossibilité d'en appeler
aux passions généreuses sans mettre ses discours
en contradiction avec ses actes, dans l'impossibilité de prêcher d'exemple, s'adresse à la cupi-
dité, à la peur, à l'égoïsme ; il parle l'ignoble
langue de certains intérêts privés, dont il attend
tout ; mais comme ces intérêts, pour être les
siens, ne sont pas ceux de tout le monde, et que
chacun n'est pas d'avis que les majorités ne fas-
sent loi que lorsqu'il plaît à un ministère, des
protestations s'élèvent parfois, dans les rangs
même du privilége, qui trouvent de l'écho dans

les masses, et alors quel parti prenez-vous, Messieurs? Qu'imaginent ces hommes qu'on a vus
pendant quinze ans répéter au pouvoir d'un air
superbe, qu'ils seraient toujours assez nombreux,
ayant pour eux la raison, et que le pouvoir était
conséquent de leur fermer la bouche, lui qui
cherchait à vivre d'imposture et de ruse, puis-
que, à armes égales, la vérité doit toujours l'em-
porter sur le mensonge? Ce que font ces hommes?
Eux qui ont à leur service, journaux et fonds
secrets, et qui n'ignorent pas combien la raison
a de force, ils recourent, pour convertir les
gens, aux pétards incendiaires et au canon.
La force, la force brutale a été jusqu'ici leur
grand moyen conciliateur, et il ne paraît pas
qu'ils soient sur le point d'en changer. Le premier ministre est toujours un homme de guerre,
et salariés d'applaudir au choix. La doctrine
s'imagine apparemment, elle qui désire si fort
de nous voir unis sous sa férule, que c'est la
force qui fait l'union! — Singulière variante du
proverbe!

Est-il probable, Messieurs, qu'un pouvoir dénué
de toute force morale, n'ayant de partisans
que ceux qu'il achèterait ou qu'il ferait trembler en les menaçant d'un régime pire encore,
comptant en un mot pour premier mobile la
corruption et la crainte, pût être de longue
durée dans un pays comme le nôtre. Sans

2

doute, il est des contrées où la victoire reste
pour long-temps au despotisme assuré de ses
sbires, qui maîtrisent une fois l'insurrection ;
car, chez ces peuples, toute opposition se fait
sur le pavé, et les mœurs comme la raison
d'état souffrent que l'on concilie les opinions
par la force, en même temps que les croyances inclinent tous les fronts devant un pouvoir
assez heureux pour passer à cheval sur l'é-
meute. Chez les Turcs (car où prendre aujour-
d'hui des exemples, si ce n'est là), il suffit à
un sultan de donner *des ordres impitoyables*,
à moins que le sabre de l'obéissance passive
ne vienne à s'émousser, ce qui n'arrive pas
une fois par règne ; car ce sabre est un vrai
damas autrement trempé que les coupe-choux
de M. Soult, et remis en des mains d'esclave.
Mais au milieu d'un peuple qui peut tôt ou
tard se piquer de n'être pas tout-à-fait gou-
verné à la turque, chez qui une certaine liberté d'opposition date d'aussi loin que les leçons de M. Guizot et de ses amis, sous le régime même du droit divin, au milieu d'un
peuple qui a pu faire et défaire un roi, de
l'aveu de nos gouvernans, et poser pour l'a-
venir sa volonté comme règle souveraine, peuple qui raisonne, écrit, chante, et siffle, quand
l'indignation ne lui permet plus de chanter,
c'est peu d'être une fois le plus fort. Bientôt les

vaincus se relèvent pour tirer gloire de leurs
blessures, plus éloquentes que jamais ne furent dissertations sur l'histoire ancienne ; et le
sang des morts tombés en défendant une conviction, féconde le sol qui le reçoit, pour en
faire naître des soutiens du parti vaincu, que
le vainqueur voit multiplier avec une rapidité
bien faite pour l'effrayer, quand il ne pré-
sume pas trop de ses forces. Comptez, Messieurs,
les adversaires du 7 août : combien sont-ils aujour-
d'hui, combien furent-ils en 1830 ? Et que sa
majesté songe bien que vous n'avez pas seulement contre votre système les partisans de la
république ni les soutiens du droit divin : plus
d'un monarchiste, épris de vos paroles en 1830,
notamment lorsque vous disiez : *Régner sur un
tel peuple ! quelle destinée !* plus d'un suppose
que, si gouverner est à vos yeux un si grand honneur, c'est un peu pour l'honneur aussi que
l'on devrait le faire ; car ces gens-là ne se
font pas idée du peu de bénéfices de votre em-
ploi, vu le nombre de dépenses qu'il faut ca-
cher ; et d'autres qui savent bien ce que la
louange et le dévoûment vous coûtent, combien les moindres petits services qu'on rend
aux rois sont vendus cher par ceux qui en
vivent, ne vous chicanent pas moins sur l'em-
ploi de nos millions ; ils s'imaginent qu'il
faut aujourd'hui régner sans agens provoca-

teurs ni machinations secrètes, sans recourir aux Vidoc ni aux Talleyrand. Il est aussi des sujets dévoués au prince, zélés, soumis, fidèles, autant que vous le fûtes, vous, sous l'ex-roi, qui cependant n'auraient pas appelé brigands en *avril* ceux que vous divinisiez en *juillet*, pour peu que l'issue des événemens de Lyon eût été autre ; et ceux-là ne sont pas les moins à craindre. Enfin, il est des hommes attachés à la dynastie de 1830, comme à leur ouvrage, qui ne laissent pas de la combattre par devoir ou de l'abandonner à son sort pour toute vengeance ; et que dire à ces hommes qui savent de votre bouche même à quelles conditions Louis-Philippe est roi, et ce qu'on était en droit d'espérer de son règne? En appellerez-vous à la Charte avec eux ? C'est sur ce terrain qu'ils vous attendent.

La Charte, ont-ils-dit (et cette opinion bien vieille dans les villes gagne chaque jour jusqu'aux hameaux), la Charte n'autorise en aucune sorte des relations extérieures à l'insu de ministres responsables, encore moins peut-elle excuser l'escamotage de dépêches ni l'arrestation de courriers mis en route par délibération du conseil. La Charte interdit expressément les tribunaux exceptionnels, et vous avez établi des tribunaux exceptionnels ; la Charte proclame l'égalité pour tous devant le Code, et

vous ayez soustrait la duchesse de Berri à l'ac-
tion du Code, après avoir voulu qu'on élaborât
longuement sa honte ; la Charte n'admet
point l'impunité des grands coupables à la
condition de se dédommager sur les petits ,
cependant l'on a été sans entrailles pour de
jeunes écrivains sans pouvoir de nuire, tandis
qu'on a épuisé tous les moyens de douceur à
l'égard des plus redoutables. Par là, il est vrai,
votre politique a mérité les éloges de MM. Ber-
tin et consors ; mais aussi avez-vous mis en
fuite Dupont de l'Eure et Lafayette, avec beaucoup d'autres à qui vous devez ce que vous
êtes.

C'est revenir, j'en conviens, sur des baga-
telles oubliées depuis long-temps à la cour , et
suffisamment commentées par vos journaux ;
mais encore serait-il bon de vous apprendre
que le souvenir en revient encore parmi nous
à chaque anniversaire. Nous vivons en général
moins vite ici que vous autres diplomates. Il
parvient à nos oreilles moins de faits ; nous ne
sommes guère instruits que de vos plus gros-
sières fautes, mais aussi nous en souvenons-
nous mieux. Tout provincial n'est pas absolument indifférent en politique , ni dupe autant
que vous le pourriez croire. Il en est aux yeux
de qui l'ingratitude ne serait pas un aussi grand
tort de la part de tout autre que de la part

d'un roi, et plus votre presse répand d'injures sur vos bienfaiteurs, ceux qui vous ont fait ce que vous êtes, plus on vous compare à des collatéraux qui, venus de loin uniquement pour hériter, exciteraient leurs gens à vilipender en toute rencontre ceux qui les auraient, au péril de leur fortune et de leurs jours, établis dans les biens du défunt. Messieurs, n'aurez-vous point honte de prêter à la comparaison?

Ces griefs sont bien vieux sans doute, si vieux qu'ils ont parcouru la France. Ils ont gagné jusqu'au village, où l'on n'oublie rien, par la raison qu'on y apprend. Savez-vous, Messieurs, où en est l'opinion dans les provinces? Vous doutez-vous un peu du discrédit dans lequel est tombé votre système? D'abord, tous vos beaux projets de fusion ont échoué; vous n'êtes guère parvenus jusqu'ici qu'à rallier contre vous différens partis, soit en blessant chez tous des sentimens qu'il eût fallu respecter, soit en leur donnant vous-même l'exemple des plus étranges alliances; et ce qui est sérieux autant que nouveau, c'est qu'on s'attaque au Roi directement. Ces fictions de ministre responsable, de roi sacré ont disparu par vos soins. Depuis que votre système se réduit à lui seul, à lui seul en revient l'honneur avec la ..... Situation difficile et périlleuse, si vous y songez.

Votre politique ne met pas seulement contre lui. les ambitieux trompés, les impatiens,
les raisonneurs, les rétrogrades; bien des hom-
més qui ne forment plus un parti, puisqu'il
ne saurait y avoir de Bonapartisme sans Bonaparte, ont conservé avec les grands souvenirs
de l'empire un fond d'orgueil national que
votre diplomatie n'a pu satisfaire, ils sont persuadés que dans mainte occasion vous avez eu
égard à d'autres inspirations que les vôtres et
les inspirations de la France. Par exemple,
ils s'imaginent qu'il ne tînt pas à vous, que
Lafayette ne protégeât plus long-temps de sa
popularité votre pouvoir naissant, ni que M.
Dupont de l'Eure, et M. Laffitte fussent traités
avec un peu plus d'égards dans vos journaux,
ni qu'on poursuivît un peu moins de combattans
de juillet, et qu'on gravât intelligiblement une
inscription dans notre langue sur *Colonne*;
car ils savent que M. de Metternich et M.
Pozzo sont encore plus exigeans qu'un pouvoir ne saurait être ingrat, ce qui n'est pas
à leurs yeux une trop bonne excuse. Imaginez
des gens faits pour souffrir dix maîtres chez
eux, plutôt qu'un seul hors du ménage, et
dont l'honneur est le dernier mot. Vous leur
parlez diplomatie, circonstances graves, raison
d'état; ils vous demandent où en est la dignité
nationale... Comment ramener de tels adver-

saires, si l'on ne prend un peu conseil de l'honneur, si l'on ne décore au moins son despotisme d'une attitude noble à l'étranger, à défaut de victoires? Ils ne sont pas grands raisonneurs sans doute et connaissent peu la vraie liberté, assez peu pour vouloir en allier les principes avec une admiration tout exclusive pour Bonaparte : faible dont vous avez su tirer quelque parti, j'en conviens; mais, en fait de gloire, il faudrait plus que *l'effigie* pour leur faire agréer le régime du sabre, et comme ils sont assez mal servis à cet égard, leur désappointement les rend plus conséquens sur d'autres points. Ils comprennent très-bien, par exemple, avec tous les écrivains dont la faveur n'a pas perverti la logique, que le principe de la souveraineté du plus grand nombre, loin d'avoir porté ses fruits, reçoit chaque jour de rudes atteintes, et ils en murmurent tout haut.

Que leur répondre, Messieurs, et que répondre surtout à cette multitude d'écrivains dont la raison vous poursuit? Je sais combien c'est un grand avantage d'avoir pour soi le *Journal des débats* et M. Persil; mais il se trouve aujourd'hui plus d'écrivains raisonneurs qu'on n'en saurait effrayer, et notez qu'on accorde le plus de confiance à ceux qui louent moins.

Généralement on n'aime plus ces journa-
listes qui voudraient faire d'un mortel un demi-
Dieu, qui l'admirent, en voyage, de *daigner*
dormir, de *daigner* boire. La presse non
subventionnée fait seule des prosélytes, celle
du pouvoir ne met guère de son côté que des
lecteurs déjà acquis par d'autres argumens.
Entre l'écrivain qui loue et celui qui accuse,
on accorde en général plus de confiance
au dernier. Les belles protestations de l'autre
sont à peu près considérées comme les déné-
gations d'un prévenu fort mal famé, ce qui
se conçoit sans peine, sous un système qui n'a
pas cru pouvoir se passer ni des Vidocq ni des
Talleyrand.

On peut dire que la presse opposante dirige
l'opinion en France, et cependant nous n'avons
qu'une presse à la merci de M. Persil, libre tout
au plus d'imprimer une vérité, comme on est
libre de tuer son voisin, si l'on en ressent trop
fortement la démangeaison. Que serait-ce donc
si l'écrivain se voyait permis de tout dire, à
la seule condition de ne point manquer de
respect aux mœurs, comme le prétendait une
fois M. Guizot, à la grande satisfaction de tous
ses contradicteurs; et pour nous, nous approu-
vâmes fort la sollicitude du ministre pour la
morale, car nous en sommes bien franchement
en peine, rien qu'à voir à l'œuvre vos agens,

plus franchement peut-être que vous autres, qui prétendez introduire la censure au théâtre à cause d'elle.

Par malheur M. Persil est constamment le contraire de ce que fut un jour M. Guizot; et M. Persil n'est pas le moins influent des deux. Il ne peut souffrir, lui, qu'un journal ne lui soit point favorable, il semble ne pas croire un pouvoir possible, du jour où ce pouvoir est contredit; mais comment avoir pour soi tous les journaux? Deux ou trois coûtent déjà cher, et tous ne sont peut-être pas à vendre. Que M. Persil imagine un moyen. Mettre sous les verroux tout écrivain tant soit peu gênant est fort simple : malheureusement la prison n'en convertit aucun. Ils en sortent plus attachés à leur opinion, plus persévérans, plus adroits, plus à craindre, plaidant avec la conviction et la chaleur d'une victime, entraînant parens, amis et quiconque n'a pas à redouter une destitution. Ste-Pélagie ne transforme pas plus un républicain en monarchiste, que le bagne ne fait un honnête homme d'un fripon. Tout écrivain que vous privez de sa liberté est à jamais perdu pour vous, et en perd beaucoup d'autres. Vous-même lui en fournissez les moyens, en lui donnant plus d'importance qu'il n'en aurait peut-être eu jamais. Quelle politique, vraiment! Devenir persécuteur en pure perte! Faire des exemples pour les voir tourner bientôt contre soi! Quoi donc? Si les bagnes étaient reconnus d'un effet nul sur ceux qui les peuplent et au dehors, si les exécutions n'offraient pas même la ressource d'effrayer, et qu'un forçat pût tirer gloire de sa condamnation, qu'un guillotiné pût être revendiqué par sa famille avec orgueil, ne faudrait-il pas renverser les échafauds, ne faudrait-il pas ouvrir les bagnes?

L'on n'a recouru à la violence, dit-on, qu'après avoir inutilement employé la douceur et en avoir épuisé tous les moyens; mais ce point est-il bien exact? j'en appelle, Messieurs, à vos geôliers et à vos sergens. Vous, enfans adoptifs d'une révolution, vous, le centre où convergèrent tous les ressorts de l'opposition de 15 ans, n'avez-vous point perdu patience à la moindre controverse, et ne vous êtes-vous pas efforcés de brûler tout ce qui vous résistait? vous, qui vous montrâtes d'abord si humbles, si simples, si caressans, n'avez-vous pas voulu mener la presse à la baguette, quand vous n'avez pu parvenir à la gagner, tranchant du Bonaparte en chapeau gris, réduisant tout le cabinet à une seule tête, aussitôt que vous vous êtes crus assez bien assis sur votre popularité? et ne vous êtes-vous pas joués de la liberté et de l'avenir, de quiconque osait vous rappeler à vos principes, à quelques

exceptions près, qui ne vous font point honneur?
Long-temps vous avez tendu la main à ceux qui
ne vous épargnaient guère dans l'ancienne cour,
et si vous n'en êtes pas moins en butte à leurs
mépris, vous avez la consolation de pouvoir dire
qu'ils n'ont pas voulu de votre clémence ; mais
quelle fut , je ne dirai pas votre générosité,
mais votre humanité pour des adversaires généralement reconnus de bonne foi? de quelle tolé-
rance avez-vous fait preuve envers de préten-
dus anarchistes de vingt ans dont vous ne pou-
viez au moins contester le desintéressement ni
les intentions droites? Ne les avez-vous pas fait
poursuivre avec la dernière rigueur , ne leur
avez-vous pas (faute de mieux) appliqué le code
civil avec cette froide colère que jamais juges
ne montraient avant ce règne qu'envers des
malfaiteurs incurables? Et combien de familles n'avez-vous pas jetées dans la consternation,
combien d'existences riches d'avenir n'avez-
vous pas brisées?—La jeunesse est aujourd'hui
bien exaltée, répondent vos gens ; mais
l'exaltation n'est-elle pas le propre des cœurs
honnêtes? mais, de depuis Francklin jusqu'à
Moïse, tous les libérateurs des peuples n'ont-
ils pas été tenus pour exaltés, et par exaltation
n'a-t-on pas voulu faire entendre leurs vertus même?... Les efforts de quelques esprits
trop impatiens peut-être ne sont-ils pas assez

pas assez justifiés par les efforts des politiques immobiles ou rétrogrades? Quand les uns refoulent notre siècle de tout leur pouvoir, ne faut-il pas que d'autres le tirent en avant avec des forces d'autant plus grandes? Sans cela, comment avancerions-nous, comment éviterions-nous un mouvement en arrière? — Mais, mon Dieu, n'avons-nous pas assez avancé, n'est-ce pas assez de progrès comme cela? Que pourriez-vous imaginer de supérieur au juste-milieu, en fait de modération surtout? Où trouveriez-vous un magistrat plus respectable que M. Gisquet? Tout ne nous est-il pas venu comme à souhait, institutions et gens? Ne sommes-nous pas au comble de la prospérité publique, de la paix, du bonheur? — Messieurs, ils ne sont pas plus vos amis que les amis de la vérité, ceux qui vous défendent ainsi; et, pour peu que vous appreniez dans vos voyages, peut-être aurez-vous moins en horreur ces exaltés, ces mauvaises têtes que vous avez si fort persécutés pour faire ensuite ce curieux aveu qu'ils sont en trop petit nombre pour être à craindre.

Comment! ils ne sont pas à craindre, et cependant on arrache quatre cent mille hommes à leurs foyers, c'est-à-dire à leurs travaux, à leurs bonnes habitudes, à leurs familles, au champ qui les nourrit et nourrit l'Etat! Ils ne sont pas nombreux, et cependant vos prisons en regorgent ! C'est donc à dire qu'on invente de conspirateurs afin de vous plaire.... Que des contradictions, que d'aveuglement, de partialité, d'inconséquence ! Vous remplissez les maisons de force, d'étudians, de dessinateurs, de feuilletonistes, par vous réputés dupes de meneurs cent fois plus à craindre, et néanmoins demeurés libres ! Début malheureux, politique étrange ! De jeunes disciples qu'on reconnaît n'être qu'égarés sont jetés par milliers dans des lieux impurs, tandis qu'on se borne à déplorer les erreurs des maîtres, non sans rendre une haute justice à leur éloquence. Des publicistes imberbes, qu'un franc *laissez passer* eût maintenus dans une entière obscurité, ou qu'une vocation mieux connue aurait bientôt enlevés à la politique, sont le but de toutes vos colères, deviennent la proie de vos assommeurs et de vos sergens, tandis que la meurtrière indignation de puissans adversaires, des Châteaubriand, des La Mennais, restés hors d'atteinte, coule sur vous à flots bouillans ! Ne sentez-vous pas qu'elle vous consume, vous emporte, et que cette maladroite politique de céder aux forts et de vous ruer de toute votre masse sur ceux qui n'ont pas une célébrité à vous opposer, qui n'entraînent pas une légion de disciples après eux, ne produit guère un meilleur effet dans l'opinion que vos rapports avec l'étranger ? Ne pré-

voyez-vous pas que de faibles adversaires , instruits à conspirer par vos poursuites, qu'une
haine commune aura réunis contre vous , vous
feront un ennemi puissant à qui la patience
suffira pour être vengé. Le temps, Messieurs,
suffit à la goutte d'eau pour percer la pierre ,
comme il suffit à l'insecte pour mettre une
poutre en éclats.

Et quelles seraient donc les ressources du
pouvoir au milieu de tant de passions qu'il sou-
lève contre lui , de tant de faux zèles dont il
s'entoure , de tant de difficultés qu'il se crée
lui-même ? Manquant du prestige de la natio-
nalité et de la gloire , n'ayant en sa faveur, ni
les habitudes du pays, ni les croyances (puis-
que rien n'est aujourd'hui plus nouveau qu'un
régime militaire , et que les croyances que le
pouvoir affecte ne sont plus celles du grand
nombre), où pourrait donc se trouver son refuge ? La ressource unique du pouvoir, nous
le répétons, c'est l'intérêt bien entendu. A
défaut de confiance, se dit-il, à défaut de conviction, à défaut de foi, les Français ont des
intérêts communs, des antipathies communes ;
et par exemple, des hommes entièrement op-
posés d'opinion , ne pensent-ils pas de même,
aussitôt qu'il s'agit de faire obstacle à la république ? D'un autre côté, plusieurs partis dis-
tincts ne seraient-ils pas prêts à confondre

leurs haines avec les nôtres, s'il pouvait être
sérieusement question du rétablissement des
anciens Bourbons ?.... Or, nous qui nous trou-
vons placés entre la restauration et la république, par cela même nous sommes donc le
refuge de bien des Français qui nous souffri-
ront, et au besoin nous soutiendront, ne fût-
ce qu'en haine de tout pouvoir qui pourrait
venir après nous. — Ainsi raisonnent, donc,
vos habiles. De ce que la France témoignait,
en 1830, des répugnances pour la république,
après avoir renversé la légitimité, ils la sup-
posent éternellement résignée à tout souffrir
de vous, et s'imaginent que c'est assez de re-
monter de temps à autre à la *terreur* ou aux
ordonnances pour obtenir ce que l'on pourrait
imaginer de plus humiliant, de plus antina-
tional, de plus honteux. — Erreur complète,
Messieurs. Le plus grand tort de la légitimité,
aux yeux du parti qui vous adopta, fut évidem-
ment d'approcher beaucoup de ce que vous
êtes. Vous pouvez tout au plus compter dans
ce parti sur ceux que le budget vous attache.
Et si le bonapartisme n'a plus de chefs, il reste
encore à ces vieux soldats de l'empire (à ceux
du moins qui n'ont pas eu l'honneur de vous
faire leur cour, comme disent vos feuilles), un
fond d'orgueil national qui plaide peu en faveur de votre système. Jamais vous ne leur

retireriez de l'esprit que nous avons des maî : tres, que c'est par couardise pure qu'on a eu la complaisance bien grande de faire la guerre en Belgique, au profit d'alliés intéressés, après s'être inhumainement et avec bassesse montrés les faux frères de la Pologne. Est-il croyable qu'une république parut à ceux-là beaucoup au-dessous d'un 7 août? Croyez-vous, Messieurs, qu'il vous soit aisé d'obtenir grâce à leurs yeux pour votre politique? Je ne croirais pas plus difficile de gagner les amis du pouvoir déchu par des égards dont ils n'ont pas fait jusqu'à présent le moindre cas. Aussi, me semble-t-il que c'est bien s'abuser de se croire tout permis encore à la faveur des répugnances que la ré- publique a d'abord soulevées. Il ne faudrait que pousser l'audace un peu trop loin, pour apprendre aux plus simples à se demander de quels maux un gouvernement républicain pourrait être suivi dont nous soyons à couvert à cette heure. J'entends parler d'émeutes, de banque- route, de guerres qui bientôt viendraient, mais nous respirons depuis quatre ans dans un athmos- phère d'anarchie qui a gagné jusqu'aux écoles, mais la banqueroute est généralement regardée comme imminente et la paix n'est pas plus assu- rée au dehors qu'à l'intérieur.

Lorsque vous vous sentez trop pressés, vous autres, de dire les raisons qui nous pourraient faire regretter à jamais la forme de gouvernement actuel, vous renvoyez victorieusement à l'histoire. — Eh bien, oui, le passé répond qu'il n'est pas de calamités que la monarchie ne puisse attirer sur un état, ni de persécutions, de bassesses, d'intrigues, de corruptions, d'espionnages dont elle ne soit capable ; le passé répond que le pouvoir républicain a été cher à plus d'un peuple durant des siècles ; et la Hollande, par exemple, lui dut long-temps son repos, sa prospérité, sa gloire..... La Hollande, opposez-vous, n'a qu'un territoire très-circonscrit ; mais les Etats-Unis sont un pays bien étendu, par malheur. — La Hollande, est un pays de marécages. — La Suisse est un pays de montagnes. — Notre France est habituée à vivre sous une monarchie depuis quatorze cents ans. — Depuis environ quatre siècles, la race nègre reçoit des coups en Amérique : il ne paraît pas qu'elle en ait encore pris l'habitude. — La république nous a valu la *terreur*. — La monarchie a produit la Saint-Barthélemy, la Bastille, les dragonades, le système de Law, l'exil des protestans, les massacres de Mérindol et de Cabrières, etc., etc. — La monarchie d'aujourd'hui n'est pas la monarchie du passé. — Il est vrai, qu'elle n'a sur la conscience que les détentions au Mont-Saint-Michel, les confiscations de journaux, les fonds secrets, les tribunaux d'exception,

les coups d'assommoir, les arrestations préventives, et que les plus grands monarques de nos jours
tiennent autant de Machiavel que de Néron....
Chaque siècle a son génie. Croyez-vous qu'une
république aujourd'hui différât moins de la
première qu'une monarchie de la monarchie
du bon plaisir. — Les Français sont trop cor-
rompus pour se passer de nous. — Bien obligé,
du compliment ; mais n'est-il pas au moins des
exceptions ? — Les honnêtes gens sont fort satisfaits : cela nous peut suffire. — N'entendez-
vous par honnêtes gens que ceux qui ont part
aux fonds secrets, ou qui spéculent à jeu sûr
à la hausse et à la baisse ? Ce sont là vos plus
zélés partisans, votre plus ferme appui : je ne
crois pas que ce soit là toute la France. Mais
nous tous, qui ne sommes, ni agioteurs, ni
banquiers, ni usuriers, ni ministres, fussions-
nous de mœurs encore plus suspectes que vous
voulez bien le faire accroire, est-ce à dire
qu'il nous fallût à tout jamais conserver au
milieu de nous un centre de corruption ? Au-
rions-nous abjuré par hasard tout sentiment
d'honneur et de justice, au point d'admettre
avec vous tous la rapacité, la vénalité, l'hypocrisie, et la basse intrigue comme premiers
moyens de gouvernement ; et ne serions-nous
pas seulement capables de distinguer entre le
fonctionnaire avide, traître, fourbe, et le pu-

bliciste désintéressé et intègre, entre Dupont
de l'Eure et Persil, Laffitte et Montalivet,
Lafayette et Talleyrand ? Serait-ce donc par
leurs défauts que l'on estimerait en France un
Francklin et un Wasington ? — Mais l'on ne
vous conteste point que ce ne soit par leurs
vertus qu'ils aient mérité les respects des peuples : c'est par là du moins que nous-mêmes
nous les respectons. — Cependant vous avez
obligé Lafayette, Dupont de l'Eure et Laffitte
à se séparer de vous. —Qu'allez-vous nous ci-
ter, mon Dieu ? Des hommes avec qui les plus
simples pratiques de la diplomatie deviennent
impossibles, à qui toute politique un peu ha-
bile cause des répugnances. Il n'y a pas moyen
de faire usage du peu qu'on fait avec eux. Et
puis d'ailleurs comment rencontrer de tels
hommes en assez grand nombre pour faire
marcher un système ? — En allant à eux, pro-
bablement on en trouverait. Il se conçoit que
des caractères comme ceux-là aillent peu à la
cour : ils auraient trop peur d'y être déplacés ;
mais de ce qu'on n'en voit pas dans vos anti-
chambres, est-ce à dire qu'il n'y en ait pas
ailleurs ? — Supposons qu'on en pût trouver :
le moyen ensuite de se débarrasser des préten-
dans qui nous peuvent nuire ? — Réduisez le
traitement à si peu que personne n'en soit plus
jaloux. — Et comment rencontrer des fonc-

tionnaires assez désintéressés pour tenir à leurs
fonctions sans l'attrait d'un haut salaire ? —
Vous ne concevez point, vous autres, de zèle
sans gros appointemens : un tel doute me sur-
prend peu de la part de qui se trouve au point
de vue le plus défavorable pour être jugé en
matière de désintéressement. Toutefois, voyez
les maires et autres non salariés ; il en est plus
d'un à qui le zèle ne manque pas, et il ne tien-
drait qu'à vous que nous en eussions de plus
capables. Or, c'est surtout le zèle joint à la
capacité et au désintéressement, chez le fonctionnaire, qui impose aux gens de cœur et à
passions vives : par là un homme public a pu
se faire respecter dans tous les temps, par là
on peut être populaire toute sa vie. Il ne faudrait pas mieux que des hommes dignes pour
maîtriser cette jeunesse bien justement redou-
tée, qui souvent ne se laisse aller à la violence
que parce qu'elle ne manque point de pensées
généreuses, et qui sent plus qu'on ne suppose
le besoin de se vouer à des conseillers faits
pour lui servir, à la fois, d'exemple et de gui-
des. Cet âge a besoin d'attachemens et de foi,
mais il l'emporte aisément, lorsqu'il s'aperçoit
qu'on le trompe, et ses emportemens peuvent
entraîner de grands maux. Pour éviter ces
maux, il suffirait peut-être de ne pas abuser
des dispositions confiantes de la jeunesse, et de

lui parler un peu moins de ses intérêts, qui ne sont pas tout pour cet âge, un peu plus de ses devoirs. Malheureusement ceux qui ont mission de l'instruire lui parlent sans conviction ; ils ne se croient pas obligés d'avoir foi eux-mêmes dans ce qu'ils enseignent, et c'est là un malheur bien grand. La jeunesse ne voit partout que vénalité, prostitution, hypocrisie religieuse et politique, concubinage, adultères...; parce qu'en effet, ces vices sont aujourd'hui si communs, qu'ils ne ternissent pas le moins du monde un homme public dans l'estime de ses chefs, qu'ils ne l'excluent de nulle part. On les voit dans les municipalités, dans les chaires d'enseignement, sur les siéges de la magistrature, et à la tête même des parquets. Cependant nous payons un ministère de la justice, un ministère de l'instruction publique, un ministère des cultes qui plaident chaque jour en faveur d'un tel ordre, c'est-à-dire, en faveur du plus grand désordre qui fût jamais; et l'on voudrait faire passer pour immoraux, pour barbares peut-être, ceux qui osent désirer un peu mieux !

Le roi, dit-on, a peu à redouter de quelques jeunes factieux sans influence. On semble croire que sa grande popularité finira par triompher de tout, parce qu'il reçoit des hommages de solliciteurs et de fonctionnaires; mais à quel

roi de pareils hommages ont-ils pu manquer ?
Charles X en reçut plus que vous ne pourrez
jamais en recevoir : ne vous en souvient-il plus
déjà ? — Oh ! les démonstrations ont aujourd'hui
une tout autre valeur. Nous ne sommes plus
au temps de la basse flatterie, de l'hypocrisie
politique. — Il est vrai que depuis quatre ans les
subalternes reçoivent de leurs chefs de si bonnes
leçons de sincérité. — La France ne veut plus
de révolutions. — Vous avez fait beaucoup sans
doute pour l'en dégoûter ; mais est-ce à dire que
sa patience serait sans bornes ? — La France ne
veut plus de révolutions absolument. — Du
moins vos gazetiers le disent ; mais, il y a très-
peu de temps encore, un conseiller de l'ex-roi
disait : « La crise ne sera point retardée, car la
» crise n'aura jamais lieu. Ce serait inutilement
» qu'on appellerait parmi nous des révolutions.
» La France a pu en souhaiter une ; elle a
» souhaité celle qui pouvait amener le terme
» de l'usurpation ; elle a appelé de tous ses vœux
» le retour de ses anciens rois : cette révolution
» sera la dernière »…. Cependant une révolution a eu lieu, qui a mis l'ex-ministre au fort de
Ham et envoyé les anciens rois sur la terre
étrangère ; et cette révolution a établi en droit
la souveraineté du peuple, c'est-à-dire légitimé
l'expulsion de tout pouvoir qui cesse de conve-
nir au plus grand nombre. — Oui, pour un jour

le peuple a été reconnu souverain ; mais, une fois le roi nommé, cette souveraineté a prescrit : nous ne l'admettons plus ; nous ne souffrirons plus qu'on l'admette : la souveraineté appartient à tout jamais à Louis-Philippe et à ses hoirs. —Messieurs, il a servi de peu à la branche aînée de ne pas l'admettre du tout : le grand souverain s'est *posé*; il peut se poser encore. —Bah! nous avons, pour l'en empêcher, une classe de partisans sur qui la restauration ne pouvait compter , classe toute dévouée, toute patiente, raisonnant quelquefois à faire dormir de bout , il est vrai, mais agissant fort bien. Vous ne sauriez croire combien ils sont flattés, heureux, ces bons et dignes boutiquiers de délaisser à toute heure leurs comptoirs pour garder nos personnes. —Malheureusement nous ne sommes pas une nation toute d'épiciers. —Nous pouvons compter sur quiconque exerce quelque influence par la fortune, à très-peu d'exceptions près : le reste ne nous importe guère ; des gens qui n'ont presque rien à perdre.... —Ceux qui possèdent le moins forment la classe la plus nombreuse ; et l'on ne peut guère empêcher que les plus forts soient les plus forts, quand ils veulent l'être. — Mais ils sont ignorans, pauvres, grossiers, et dans cet état des hommes sont peu capables de réfléchir sur les formes plus ou moins avantageuses de gouvernement. Ils tiennent peu, j'imagine, à ces

avantages chimériques que d'autres envient, se
soucient peu d'être électeurs ni éligibles , eux
pour qui le souverain bien est de suffire aux
besoins du corps. — Rien n'est moins chiméri-
que , à mon sens, que les misères d'une classe
n'ayant pour ressource que le produit de ses
sueurs, quand le travail vient à lui manquer ,
ou s'il ne suffit pas à ses besoins. Ce n'est pas
d'être électeur ni éligible seulement que le petit
contribuable est envieux. S'il veut conquérir
des pouvoirs civiques , c'est pour ne voir arri-
ver au pouvoir que des hommes qui n'estime-
raient pas avoir tout fait en l'exhortant à patience
ou en lui conseillant d'être économe de ce qu'il
n'a pas.... Le pain, oui, le pain n'est pas assuré
à ces nombreux artisans à qui votre charitable
sollicitude vante si fort les caisses d'épargne.
Direz-vous qu'ils ont un estomac perverti, ou
qu'il leur a fallu être mal conseillés pour désirer un ordre de choses meilleur que celui qui
les expose à manquer du plus stricte nécessaire ?
Mais les esclaves mêmes , mieux partagés incom-
parablement sous le rapport du vivre physique,
ont-ils besoin de faire un cours de droit naturel
ni de droit des gens pour apprendre à détester
leurs maîtres? Quand une cause est celle du
plus grand nombre et que le plus grand nombre
l'a comprise par l'effet d'un simple rapprochement des choses qui tombent le mieux sous les

sens, il n'est aucun besoin d'instigateurs, ni de comités de coalition. Des êtres disgraciés par l'ordre social, dignes à leur avis d'un sort meilleur, ayant tous un même intérêt, souffrant tous d'une douleur commune, savent très-bien avancer de concert, sans mot d'ordre et sans chefs. Il n'y avait pas de chef à Lyon (du moins vos poursuites n'en ont pas fait connaître), et si les fils du fameux complot vous ont échappé, dans un temps où des lois moins gênantes devaient rendre les mécontens moins circonspects, que sera-ce donc à l'avenir, dites-moi ? Point d'excitateurs, point de meneurs en évidence. La restauration a péri, malgré ses lois préventives, comme lois de censure, de tendance, etc.; ainsi, tout gouvernement qui marchera sur ses traces devra périr. Que si par hasard on échappe d'abord au danger une fois ou deux, partout où l'on cherche des généraux de sédition, on ne trouve que des soldats; et comme on n'ose prendre le parti des exécutions en masse, il faut laisser les plus coupables s'enfuir. — Mais pour conspirer, encore faut-il un asile, et nous ne souffrirons plus qu'il en soit ouvert aux conspirateurs. — On conspirera dans les journaux, adroitement, *légalement*, comme cela se pratiquait de votre temps. — Les journaux peuvent être supprimés. — On conspirera dans les églises. — Nous censurerons les missions. — On

conspirera dans les confréries. — Les confréries
seront dissoutes. — Chacun alors conspirera dans
l'oreille de son voisin, chacun fera de la propa-
gande ; toute accusation paraîtra probable contre un pouvoir qui aura tout osé, sans qu'il soit
besoin de faire circuler en cachette de petits
écrits, de recourir à la presse clandestine, déjà
fort en usage parmi les associations dissoutes en
apparence ; des paroles de réprobation arrive-
ront de bouche en bouche.... — Jusqu'à d'ambitieux étourdis que nous saurons poursuivre sans
pitié. — Jusqu'au simple habitant des campagnes,
comme certaines opinions du 18me siècle sont
arrivées, en passant les mers, jusque sous la case
du nègre. — Quel rapport entre des esclaves et
des Français ? — Aux colonies on tient ses pouvoirs politiques de la couleur, en France de
l'argent, hérité, mal acquis, il n'importe. Mais
il y a cette différence : le nègre par un léger
travail peut éviter tout mauvais traitement et se
voir bien nourri, tandis que le blanc en travaillant beaucoup a tout à craindre, depuis la faim
jusqu'aux égorgeurs à domicile ; le nègre n'a pas
de personnel à payer ni de service à faire, vu
qu'il ne compte pas comme citoyen ; le blanc
au contraire, semble souvent n'être citoyen que
pour subir l'impôt indirect et l'impôt direct, la
conscription, le billet de garde, etc.... De quel
côté pensez-vous que soit l'avantage ? — Une

telle question est une injure pour des Français.
— Tant pis pour le pouvoir qui ne peut autrement y répondre. — Vous voulez le partage des
biens, on voit cela. — C'est une intention qu'on
aime à nous prêter. — On serait charmé que
nous n'eussions rien de plus raisonnable à prétendre. Malheureusement jamais écrivain, depuis quatre ans, n'a manifesté semblable pensée. Si l'on eût voulu amener une réduction des
grosses fortunes, on n'eût point manqué, croyez-
le, d'en rechercher l'origine ; on eût fait l'histoire de tant de familles vite et miraculeusement
enrichies, savoir : dans le négoce par la fraude,
dans l'armée par le pillage, dans la robe par la
vénalité, à la cour par les femmes, dans les charges par les concussions, partout, et dans tous les
temps par l'intrigue, la prostitution, la bassesse,
l'usure, partout à l'aide de moyens honteux et
illicites. On n'est point remonté à la source des
grandes fortunes, moyen le plus sûr de vouer les
riches à l'exécration des pauvres. On ne s'attaque
pas aux propriétaires comme propriétaires; chacun bien loin de là parle en faveur de la propriété.
Les clubistes les plus hardis sont plus timides
sur ce point que l'*assemblée nationale*, dont
Louis-Philippe et M. Thiers furent chauds admi-
rateurs en leur temps, laquelle assemblée sup-
prima dîmes, titres féodaux, prébendes et autres
propriétés transmissibles. On n'a point proposé

de semblables confiscations jusqu'à présent, on n'a pas la pensée d'en proposer. Pourriez-vous sérieusement craindre des attaques à la propriété de la part d'une opposition où vont se trouver des riches de tous états ? Venez dans les villages, Messieurs, vous y verrez par qui se prêche la réforme. — Des misérables... Contrebandiers de révolution, qui pérorent en pure perte. — Des fils de ci-devant, ne vous déplaise. Avocats, banquiers, nobles et vilains, chacun aujourd'hui veut concourir à l'affranchissement des classes inférieures, chacun s'est fait niveleur, depuis le maître d'école jusqu'au duc.—Eh ! nous le savons bien qu'il s'est fait une alliance... monstrueuse ; mais par cela même elle est condamnée à être stérile. — Une pareille alliance eût été fort morale et fort légitime, si vous l'aviez pu faire tourner à votre profit, comme d'abord vous en eûtes la pensée. — Mais, après tout, que pourront dire tous ces réformateurs, dont bientôt le bon sens public ne fasse justice ? — Ils diront et feront redire, entr'autres choses, que les réformes n'ont profité jusqu'ici qu'à certaine classe, en flattant ses vanités ou en lui procurant plus de bien-être matériel ; mais qu'une autre classe par qui la terre suffit à tous est plus à plaindre que jamais, sous bien des maîtres, et que l'artisan, dans plus d'une ville, condamné à des travaux chaque jour plus ingrats et plus durs se

trouve cependant moins humainement traité ;
car c'est un point incontestable que le progrès
de l'industrie, sous la direction du privilége, n'a
valu à la plupart que des fantaisies de bien-
être qu'ils ne peuvent point contenter ; qu'il
ne leur a fait que mieux sentir, que plus vous
avez à vous louer de votre chef-d'œuvre d'état
social, plus ils sont payés pour s'en plaindre.
— Nous ne l'avons pas fait, nous autres, cet état
social. — C'est bien assez qu'on puisse vous re-
procher de le tenir pour définitif, de paraître
vous y complaire, n'essayant rien pour nous en
retirer ; de supposer que chacun y soit placé
aussi bien qu'il puisse être, fesant à l'espèce
humaine l'injure de croire qu'elle n'est digne de
rien de mieux. — Vous imaginez-vous par
hasard que le bonheur habite dans les palais
plutôt que sous le chaume ? Ne savez-vous pas
de quel bonheur se prive celui qui renonce aux
avantages d'une vie paisible et simple... Hélas !
nous ne l'avons que trop appris à nos dépens !
et s'il n'était le grand amour que nous ressen-
tons pour vous (sans que vous le méritiez le
moins du monde) un simple repas sur le gazon,
auprès d'une fontaine au doux murmure.....
— Eh ! mon Dieu, tout à votre aise, et point
d'injures, s'il vous plaît. Avec une humeur
aussi pastorale, je m'étonne qu'on ne s'arrache pas plus souvent à l'atmosphère de la

cour pour aller voir dans les campagnes jusqu'à quel point est digne d'envie le sort du
métayer et du vigneron. — Si vous saviez, hélas ! à combien d'autres choses il nous faut
songer. — Le plus essentiel doit passer d'a-
bord ; et l'opinion des majorités dans la nation
n'est pas à dédaigner, me semble. On fait peu
de cas chez vous de tout ce qui est épars dans
les campagnes, loin des limites de l'émeute,
sans moyens apparens de se concerter, d'agir
d'accord, mais songez aussi que vous agissez
contre les villages isolément, non par masses,
au moyen du garnisaire, du douanier, du gen-
darme; qu'ainsi, pour faire prévaloir un système dont les petits imposés ne voudraient pas,
il faudrait pouvoir tenir garnison dans les
moindres villages, et compter dans chaque
ville plus de gendarmes que de pavés. Or, les
recrues ne vous viennent pas seulement du
quartier d'Antin, non plus que l'argent pour
les solder. — Vous soulevez là une question
étrange. Qu'avons-nous fait perdre aux tra-
vailleurs, dites-moi, pour les porter à des
moyens extrêmes ? — Le travail aux uns, aux
autres la patience. — Avons-nous rien fait contre eux, voyons, sans qu'ils nous y aient obligés ? — C'est bien assez de n'avoir rien fait
pour eux. — La restauration ne fesait pas davantage, cependant elle a duré quinze ans. —

La restauration avait une origine différente.
Née du droit divin, non de la volonté de tous
(comme vous autres), elle pouvait à la rigueur se reposer sur les prières du clergé du
soin de pourvoir aux besoins des sujets. Une
telle politique était conséquente au moins. Mais
vous, Messieurs, devenus pouvoir par la grâce
de tout le monde, et pour tout le monde par
conséquent, vous ne sauriez décemment vous
dispenser de vous occuper quelque peu de ces
neuf dixièmes de la France assez empêchés
pour ne pas manquer de pain : question étrange
à vos yeux, qu'il serait bon pourtant de soule-
ver entre vous, sinon par philanthropie, devoir
de chrétien et d'homme autant que de gouvernans, au moins bien par prudence. Songez
qu'une grande découverte a eu lieu tout ré-
cemment. Chaque siècle a les siennes. Long-
temps avant nous on avait trouvé que les deux
natures d'Aristote (nature libre, nature esclave) pouvaient bien être une chimère, et les
esclaves ou serfs ne furent plus que des ma-
nans ; dans la suite il fut reconnu que le noble
devait payer ses dettes comme le vilain, et tout
marchand put se procurer la satisfaction de
faire appréhender au corps le marquis son dé-
biteur, quand il l'osa ; aujourd'hui ceux qu'on
désigne par prolétaires, commencent à se dou-
ter qu'en travaillant utilement et bien, tout

honnête homme a droit de prétendre à ne pas
s'exténuer de fatigues et de privations. Cela
posé, ils se concertent, cherchent à s'entendre, et, pour peu qu'on leur apprenne ce qu'ils
peuvent gagner à s'entendre, ils pourraient
bien un jour finir par marcher d'accord. Ces
gens-là semblent s'être comptés vraiment et
avoir senti combien ils sont beaucoup ; combien vous consommez plus qu'eux, combien
vous avez de besoins que vous ne pourriez satisfaire nullement par vous seuls. Incommodes
pétitionnaires, dont les propositions ne sont
pas de celles qu'on puisse écarter par un ordre
du jour. Ils l'ont bien prouvé, quand ils ont
voulu qu'on leur fît le sacrifice d'un écusson.
Messieurs, songez-y bien. — Vraiment, que
faut-il encore que nous fassions ? On voudrait
faire renoncer notre roi à sa liste civile pour
diminuer l'impôt, n'est-ce pas ? — Ce serait
une heureuse résolution, bien qu'un peu tar-
dive. — Par malheur un économiste a démon-
tré qu'une réduction de plus de cent millions
dans les contributions indirectes (mesure im-
possible), profiterait à peine d'un sou par jour
à chaque ménage de paysan. — Et vous vous
êtes emparés de cette opinion, parce qu'elle
sert les vôtres ; vous l'avez propagée dans les
journaux, comme le plus sûr moyen de fermer
la bouche aux antagonistes du supplément au

milliard ; mais vous ne vous êtes pas arrêtés le moins du monde à ce que l'antagoniste ajoutait, que cent vingt millions, divertis de la dépense ordinaire pour être consacrés tous les ans aux améliorations publiques les plus pressantes, ne seraient pas sans résultats matériels, et pourraient avoir un immense résultat moral. — Le moyen de distraire cent vingt millions de nos dépenses ? — Il serait simple, selon moi.... Je sais bien qu'on n'a pas à bon compte des serviteurs aussi dévoués que les vôtres ; mais leur dévoûment à votre personne ne pourrait-il pas se payer un peu moins ? Dans des temps difficiles (non par sa faute), Henri IV se trouvant pressé d'argent, et ne voulant pas absolument augmenter l'impôt, comme tout ce qu'il y avait de mieux dans le royaume le lui conseillait, s'en procura bientôt, à l'instigation de ce mal-appris de Sully, en fesant à ses nobles dévoués un emprunt *à jamais rendre*. Ils répondirent tous à cet appel, moins par générosité, comme il paraît, que par respect humain, par pure vergogne ; cela dut être : le roi chaque jour donnait le meilleur exemple de pareils sacrifices faits au pays. Vous n'avez point, sire, de noblesse à vous, dont bien vous fâche ; mais des fonctionnaires ne vous manquent, chez qui s'en va la meilleure part de votre budget, et qui vous sont aussi tout dévoués ; proposez-leur à tous une diminution dans leurs salaires , positivement , franchement , sans les craindre , à l'exemple du meilleur des rois. Ils ne sauraient s'empêcher d'y consentir ; si vous preniez sur vous , je suppose, de vous priver de six millions sur douze ; car l'exemple est tout en de tels cas. Voyez Charles XII et Bonaparte : que n'obtinrent-ils pas du soldat en partageant ses dangers et ses privations? Ils auraient conduit des poules mouillées au bout du monde , sans pairies ni fonds secrets. Imitez en cela ces grands fous , peut-être ainsi obtiendrez-vous une chose plus étonnante que tout ce que jamais ils obtinrent : l'abandon de la moitié du traitement que chaque fonctionnaire prend au trésor.

Admettons cette rêverie comme praticable; la question serait de savoir à quoi consacrer les épargnes qui en seraient le fruit. — Au plus prompt soulagement des classes pauvres, par la fondation d'établissemens à cette fin. — On a écrit de fort beaux projets à cet égard. Tout y est prévu, réglé d'avance, exposé brièvement et clairement; mais s'il s'agissait une fois d'en venir à l'exécution, sur qui, après tout, pourrait-on compter pour cela? — On s'est plus occupé de théories que d'applications, j'en conviens bien , en fait d'améliorations sociales; mais à qui la faute, Messieurs? Il est des projets qui ne sont réalisables qu'avec le consentement du pouvoir, et les gouvernans, à bien des égards, ne souffrent guère que ce qu'ils ne peuvent empêcher. Au lieu de prendre les devants, de se montrer jaloux d'attacher leur nom à ce qui peut être bon et utile, ils le mettent souvent à l'index; au lieu d'encourager, ils découragent. En a-t-on vu beaucoup jusqu'ici se montrer favorables aux progrès? Les hommes à qui l'humanité doit le plus furent la plupart des particuliers assez mal voulus de tout pouvoir, à cause du bien qu'ils méditaient. L'introducteur de la vaccine en France dut prendre mission de lui-même, pour cela, comme pour la propagation de l'enseignement mutuel parmi le peuple, et M. de Monthyon ne fut ni ministre ni préfet. Dans l'intérêt de la royauté, j'aurais voulu qu'il fût Roi. Il me semblerait beau pour un monarque de faire aimer le bien public, de stimuler les cœurs généreux et de faire rougir les égoïstes, de mettre la philanthropie en honneur enfin. Je voudrais qu'il eût pour chaque ville une statistique des ressources de quiconque n'a que son travail pour vivre; qu'il sût combien d'honnêtes ouvriers en France, après avoir inutilement cherché leur morceau de pain pour prix de leur sueur, sont exposés à se trouver à jeun, à l'heure

où souvent le riche se réveille pour prendre
son repas. Je voudrais qu'il engageât par des
paroles persuasives, au nom de l'honneur,
de la religion, de la morale, l'opulent oisif
à consacrer au bonheur de son semblable une
partie du temps et des soins qu'il consacre
à l'amélioration de certains quadrupèdes ; à
faire pour des hommes, à peu près ce qu'il
fait pour un cheval de luxe ou un mérinos.
S'il voyageait à cette fin, volontiers nous le
défraierions. Mais il vaut mieux qu'on étale
à son passage le luxe d'une cité, les progrès
des arts et de l'industrie, les ressources et
les jouissances du beau monde, tout le beau
d'une civilisation enfin, y compris l'éloquence
du fonctionnaire. Que deviendraient le haut
commerce et l'industrie, si le Roi ne daignait
les encourager d'un coup d'œil? On finirait
par ne plus avoir la moindre envie de s'en-
richir, je vous le dis : vous verriez bientôt
professer dans les comptoirs l'indifférence
pour le gain, le mépris des richesses.

Il faut bien donc qu'un Roi coure la province, pour savoir par ses yeux qu'il s'y fa-
brique de beaux produits, et que les fonctionnaires, sous son règne, exercent dignement
les devoirs de l'hospitalité. L'excellent prince
daignera féliciter celui-ci sur la bonne trempe
de ses fers, celui-là sur le transparent de ses

porcelaines; il répondra aux harangues des uns, voudra bien accepter le dîner des autres, et il sera dit que le Midi est dans la prospérité, dans l'union, dans l'abondance, plein de dévoûment surtout pour l'ordre actuel.

N'est-ce pas ainsi que l'entendent ceux qui désirent le plus le Roi, et que vous-mêmes vous l'entendez, Messieurs?

Votre très-humble et très-obéïssant serviteur,

Jules **POUILH.**

Post scriptum. La garde nationale de Toulouse vient de nommer ses dix candidats au grade de colonel. Tous les dix sont nos ennemis politiques, je vous en préviens, en cas que votre préfet l'oublie. Oserez-vous licencier encore une garde nationale, comme vous le fîtes pour celle d'Avignon, pour la même cause?